À ma fille Camille

Texte et illustrations : © Regina Grosbois

Mise en page : Amandine Wanert

Dépôt légal : juin 2024

Loi n°49-956 du 16 juillet 1949
sur les publications destinées à la jeunesse

ISBN 979-8-9907565-2-6

Choses que j'ai apprises
de mon oncle

Regina Grosbois

Voici quelques mots sur mon oncle:
il n'est ni trop grand, ni trop petit.
Je ne peux pas dire qu'il est moyen parce
que ce n'est pas ce qu'est mon oncle.

Son nom est Edouard, mon cher oncle Edouard. C'est un personnage particulier. Certaines personnes le traiteraient de grincheux, mais c'est simplement parce qu'ils ne le connaissent pas. En fait, mon oncle est très sensible.

C'est à l'intérieur. De l'extérieur, mon oncle Edouard est gris.

Le plus souvent, on le retrouve recroquevillé sur le fauteuil,
parlant peu, ses sourcils bougeant au rythme de ses pensées.
Mon oncle rêve beaucoup. Je ne sais pas de quoi il rêve.

Il me conseille de faire ma propre rêverie.
Parfois, cependant, il partage ses pensées.

Et j'aime ses pensées.

En voici une.

Mon oncle Edouard m'a dit un jour
que **s'ennuyer** était une bonne chose.

Selon le sage Edouard, les meilleures idées naissent de l'ennui. C'est alors que nous commençons à vraiment prendre conscience de nos sens, un peu comme nos super pouvoirs magiques.

Et lorsque nous laissons parler ces sens,
nous ressentons de grandes choses.
**On se sent vraiment vivant
et c'est tout simplement merveilleux.**

toucher

Les cinq pouvoirs magiques sont
l'odorat, le goût, le toucher, l'ouïe et la vue.

odorat

ouïe

vue

Vous pouvez aussi simplement
les appeler **les cinq sens**.

goût

Mais en quoi ces sens sont-ils magiques ?
Eh bien, voici ce que j'ai appris de mon oncle.

ODORAT

Selon mon oncle Edouard,
l'odorat est la source d'information la plus fiable.
Lorsque nous faisons confiance à notre instinct,
nous avons tendance à sentir les choses.
C'est notre nature.

La première chose que nous faisons lorsque nous venons au monde est d'inspirer de l'air. Eh bien, certains choisissent de commencer par un grand cri. C'est à eux de décider, mais il est probablement plus sage de renifler d'abord les environs, puis d'annoncer haut et fort votre arrivée. Quoi qu'il en soit, avec la respiration vient l'odorat.

« N'oubliez pas, dit ainsi mon oncle, que nous avons appris à sentir avant d'apprendre à penser, et nous n'oublierons jamais l'importance de cet instinct. »

Quand quelque chose sent bon, nous voulons inhaler cet **arôme** pour en garder un souvenir.

Lorsque quelque chose sent mauvais, nous savons simplement qu'il est préférable d'éviter cette chose.

Les **odeurs** nous parlent d'un changement de saison. Ils nous parlent aussi d'un changement de vie. Les parfums de la maison, nombreux et nouveaux, peuvent nous raconter une occasion spéciale.

« Quelle est l'odeur préférée de maman ? »
j'ai demandé en pensant aux parfums.

« Je suis sûr que c'est toi.
Chaque parent aime l'odeur de
ses enfants dès le premier jour.
Même les bébés qui pleurent
ont une odeur divine aux yeux
de leurs parents. »

« Quand tu seras grand, tu te souviendras de l'odeur de ton enfance », m'a répondu mon oncle Edouard.

« Les choses que tu aimes, comme le pain frais, le chocolat chaud par une journée froide, la fraîcheur de l'air après une courte pluie matinale au printemps, les premières fleurs après un long hiver. Toutes ces choses ont une odeur distincte que tu vas acquérir et conserver ».

« Moi, je ne les oublie pas.
Lorsque tu rencontreras ces odeurs,
elles te ramèneront à ton enfance. »

« Puis-je faire ça tous les jours ? »

« Oui. C'est ce que je fais. »

Il y a tellement de **goûts**. Il est difficile de choisir par où commencer. Aigre, salé, sucré, amer, piquant, épicé.

On peut goûter plusieurs choses en même temps, comme le sucré- salé, ou le sucré-épicé. En fait, il existe même des glaces sucrées et épicées!

GOÛT

En discutant avec mon oncle Edouard,
j'ai réalisé que les goûts diffèrent.

Mon oncle et moi préférons des **saveurs** très différentes.

J'adore les fraises fraîches et la pastèque.

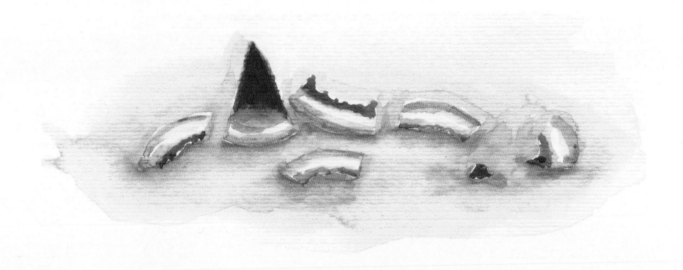

Ce n'est pas le cas de mon oncle. Il aime le vin.
Mon oncle dit que c'est comme ça qu'il préfère ses fruits.
Apparemment, cette boisson pour adultes c'est du raisin.

Mon oncle n'aime pas les légumes,
j'ai aussi du mal avec beaucoup d'entre eux.
Mon oncle Edouard ne les essaie même pas.

Ma mère dit que nous devons développer
notre palais pour mieux apprécier
les différentes **saveurs**.

Ce que je préfère, ce sont les sucreries, mais maman dit que ce n'est pas bon pour mes dents. Même mon oncle est de son côté sur ce point.

On dirait que les choses qui sont bonnes pour ma langue ne le sont pas pour mes dents. Pourquoi les dents et la langue ne peuvent-elles pas être amies? Déception…

Mon oncle Edouard dit que nous devons manger de manière raisonnable. Même si quelque chose a un goût délicieux, nous ne devons pas en prendre trop pour en apprécier le goût.

Par exemple, ma mère dit que manger trop de glace n'est pas sain. Mon oncle ne semble pas se soucier autant de la santé que maman. Sa façon de voir les choses est que, si quelqu'un mange trop de glace, **la magie de la glace** diminuera. Je ne vois pas pourquoi manger trop de glace me ferait moins l'apprécier, mais je ne l'ai pas encore prouvé.

Pour être honnête,
je crains un peu de perdre
la magie de la glace.

Tout ce qui nous entoure a une **texture**.

TOUCHER

Les textures et les températures nous font non seulement ressentir certaines choses, mais elles nous communiquent également des informations importantes.

Par exemple, alors que la fourrure d'un chien est douce et chaude, sa truffe est humide et froide. Si le nez d'un chien n'est pas froid et humide, cela pourrait être un signe qu'il faut vérifier si le chien ne se sent pas bien.

Si le chien est tout mouillé, c'est peut-être parce qu'il a sauté dans l'eau pour se rafraîchir lors d'une chaude journée d'été.
Ou c'est juste un chien très coquin.

« Oublie le chien mouillé. Il y a beaucoup
de choses que nous ressentons en **touchant** »,
m'a dit pensivement mon oncle Edouard.

«Une douce brise sur ton visage, la sensation lorsque le vent joue avec ta fourrure, la chaleur du soleil sur ton corps, sont des sensations tellement agréables. Quand il y a trop de vent, eh bien, pas grand-chose à dire, rentre vite à l'intérieur.»

«Une couverture chaude et moelleuse par une matinée fraîche, le sol froid que l'on sent du bout des pieds en se levant le matin – toutes ces choses nous disent que l'hiver approche. C'est la période de l'année où le lit est le plus douillet.»

« Le doux contact d'une mère ou un baiser avant d'aller au lit sont les meilleurs contacts de tous », a poursuivi mon oncle Edouard, en gesticulant d'une main de manière quelque peu dramatique.

« Mais certains contacts ne me plaisaient pas beaucoup », changea-t-il brusquement. « Ma mère me poursuivait dans la maison pour me nettoyer les oreilles. Elle me saisissait la tête et pénétrait un coton tige profondément dans mes oreilles pour faire sortir la cire. Elle croyait que j'entendrais mieux avec des oreilles propres. »

OUÏE

«En parlant de l'importance de **l'audition**, qu'entends-tu dans cette pièce?»

«Le silence. C'est un salon où rien ne se passe. Je n'entends rien», répondis-je.

«Vraiment? **Écoute plus fort!** Il y a une horloge qui tourne, une mouche qui bourdonne près de la fenêtre. On entend un bus s'arrêter dans la rue, un chien aboyer, un oiseau chanter. Le monde environnant est comme un orchestre composé de différentes couches de sons.

Le silence complet n'existe pas vraiment.
Même si c'était comme un vide complet, on pourrait toujours entendre sa propre respiration.»

« Bon, n'exagérons pas l'excitation de mon salon.
Pense maintenant à un endroit qui te plaît !
Qu'entends-tu ? »

« J'imagine que je suis à la plage.
J'entends les vagues. »

« Quels bruits font-elles ? »

« Le bruit des vagues ! »

« Écoute de plus près. Ces bruits ressemblent
à mille murmures. Qu'est-ce qu'ils disent ? »

« Laisse-moi me concentrer ! Ils sonnent comme
« chut » et puis ... » Je m'arrêtai, distrait par le fait
que nous étions toujours dans le salon.

« Attends, il y a une mouette qui interrompt les chuchotements », commença soudainement mon oncle Edouard.

« Puis il y a un enfant qui rit. Et un chien qui aboie. Au loin, un gros bateau klaxonne. Aujourd'hui, le murmure de la mer se fait de plus en plus fort.

Ah, maintenant, ça redevient calme, doux et gentil. »

«Oui, j'entends tout cela mon oncle! Dis-moi quels sont ces chuchotements?»

«Je ne peux pas te répondre. La mer murmure des choses différentes à chacun. Si tu poses une question et tu écoutes vraiment, la mer te dira des choses.»

«Mon oncle, la mer murmure peut-être des choses secrètes aux autres, mais je n'arrive pas à les comprendre. Existe-t-il un autre son qui ressemble à un super pouvoir mais un peu plus facile à déchiffrer?»

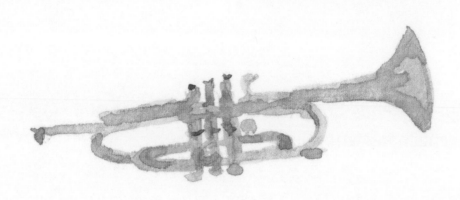

« On gardera la mer pour plus tard peut-être. »
me répondit mon oncle Edouard.
« Et **la musique**? Et si je jouais du jazz ? »
Demanda mon oncle et, sans attendre de réponse,
il commença à parcourir ses disques.

« Mon oncle, est-ce que j'aime le jazz ? »

«Je ne sais pas, c'est à toi de décider. Tout le monde trouve son bonheur dans différents types de musique. Certaines musiques ne sont même pas joyeuses, mais elles sont néanmoins merveilleuses. Cela te fait voyager. Cela te fait ressentir des choses intenses.»

« Comment une musique malheureuse
peut-elle être merveilleuse ? »

«Cela peut l'être. Par exemple, certaines musiques nous rappellent des choses qui nous manquent ou des personnes. Et c'est un sentiment doux-amer, et c'est bon. C'est ainsi que nous savons que nous sommes vivants.

Parfois, nous manquent même des choses que nous n'avons pas vécues, mais nous savons que nous les ressentons. **C'est notre nature sensible.**»

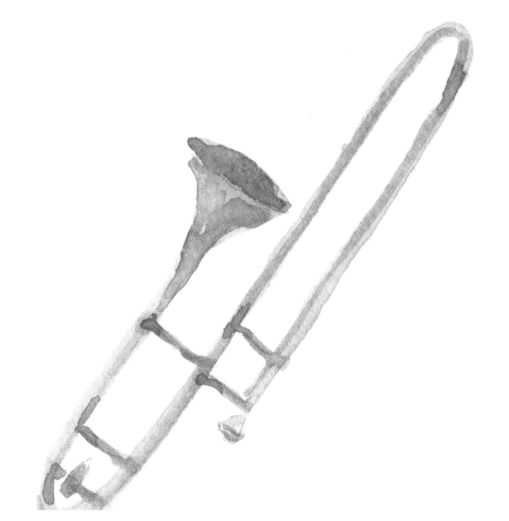

L'une des plus grandes choses que nous ayons le pouvoir de faire est **d'observer le monde magnifique** qui nous entoure.

Vue

« Mon oncle, je pense que je sais cela. Ma mère aime **regarder** les fleurs. »

« Exactement, elle aime ce qu'elle voit, et ça lui fait du bien. »

«Quelles sont les choses que toi, tu aimes regarder?»,
demandai-je à mon oncle Edouard.

«J'aime regarder la nature, n'importe quelle nature.
Cela me fait réfléchir à la façon dont tout cela fonctionne.
Par exemple, des petits oiseaux. Parfois, j'aime juste les
observer tranquillement.

L'autre jour, je regardais un corbeau, il marchait
lentement avec un air de la plus haute importance.
Ensuite, le corbeau a trouvé quelque chose sur le sol, l'a pris
dans son bec et a commencé à secouer l'objet pour
le débarrasser de la saleté. Le corbeau s'est rendu compte
que je l'observais, il a détourné la tête et a marché très
vite, se balançant d'une patte sur l'autre. Lorsqu'il eut
parcouru suffisamment de chemin, le corbeau s'envola
comme s'il fuyait la scène d'embarras.»

« Qu'aimes-tu **observer** ? » m'a demandé mon oncle Edouard.

« Hmm ... » Je décidai de retourner sur ma plage imaginaire. « J'aime voir les gens entrer dans l'eau, la plupart d'entre eux rétrécissent leurs épaules d'une manière amusante lorsqu'ils entrent dans l'eau. Ils sourient comme s'ils étaient gênés ou mal à l'aise. C'est amusant à regarder. »

« C'est génial », me dit oncle avec un sourire.

«J'aime aussi voir les visages de ma famille
et de mes amis, ils me rendent heureux.

Qui aimes-tu le plus regarder, mon oncle?»

« J'aime regarder Matilda. Elle a l'air si importante quand elle fait les choses les plus routinières, je trouve ça amusant. J'aime quand elle sirote du thé, puis s'arrête et me regarde. »

«Es-tu amoureux, mon oncle?»

«On pourrait le dire.»

À ton tour de partager
quelques réflexions

Mon nom

. . . .

. . . .

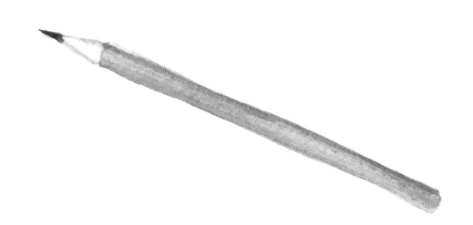

À propos de moi

· ·

· ·

· ·

· ·

· ·

· ·

· ·

· ·

· ·

· ·

· ·

· ·

· ·

Ma famille

Mes amis

Odorat

Je me demande quelle est l'odeur de ...

....

....

....

....

....

....

....

....

....

....

....

....

....

....

....

....

....

....

....

....

....

....

GOÛT

Un jour, j'aimerais goûter ...

....

....

....

....

....

....

....

....

....

....

· ·

· ·

· ·

· ·

· ·

· ·

· ·

· ·

· ·

· ·

· ·

· ·

TOUCHER

Si seulement je connaissais
la texture de ...

· ·

· ·

· ·

· ·

· ·

· ·

· ·

· ·

· ·

· ·

· ·

....

....

....

....

....

....

....

....

....

....

....

....

OUÏE

Un jour, je souhaite entendre ...

....

....

....

....

....

....

....

....

....

....

....

....

....

....

....

....

....

....

....

....

....

....

VUE

Des choses que j'aimerais voir un jour...

....

....

....

....

....

....

....

....

....

....

. . . .

. . . .

. . . .

. . . .

. . . .

. . . .

. . . .

. . . .

. . . .

. . . .

. . . .

. . . .

Mes notes

· ·

· ·

· ·

· ·

· ·

· ·

· ·

· ·

· ·

· ·

· ·

· ·